하나의 바람과
나뭇잎이 흔들릴 때

# 하나의 바람과 나뭇잎이 흔들릴 때

**발행일**   2025년 12월 30일

**지은이**   양진선
**펴낸이**   손형국
**펴낸곳**   (주)북랩

출판등록   2004. 12. 1(제2012-000051호)
주소        서울특별시 금천구 가산디지털 1로 168, 우림라이온스밸리 B동 B111호, B113~115호
홈페이지    www.book.co.kr
전화번호    (02)2026-5777                          팩스    (02)3159-9637

ISBN       979-11-7598-062-4 03810 (종이책)        979-11-7598-063-1 05810 (전자책)

본 도서는 (주)북랩이 보유한 리코 인쇄 장비 등 자체 생산 인프라를 통해 제작되었습니다.

**작가 연락처 문의 ▸ ask.book.co.kr**

전용 게시판에 문의를 남기시면 저자에게 직접 전달됩니다.

**(주)북랩** 성공출판의 파트너

북랩 홈페이지와 SNS에서 다양한 출판 솔루션을 만나 보세요!

**홈페이지** book.co.kr   •   **블로그** blog.naver.com/essaybook   •   **출판문의** text@book.co.kr
**카톡채널** 북랩

# 하나의 바람과
# 나뭇잎이 흔들릴 때

양진선 시집

24. YANG.J.S.

북랩

작가의 말

　2022년 봄에 같은 제목의 책을 내고 두 번째 책을 만들어 냅니다.

　그림을 그린다는 것이 욕심이 더해져 점점 힘들어진다고 느꼈습니다.

　그러나 그 시간은 나를 찾아가는 순례길 같아서 행복했습니다.

　나는 여기서 또 한 매듭을 짓습니다.

　나이 값하며 산다는 것이 녹록지 않다는 것을 새삼 느끼며 남은 생 "탐 진 치"에 유의해서 소풍잔치에 잘 놀다 가려고 합니다.

　사랑하는 내 가족과 나를 알고 내가 아는 모든 이에게 고개 숙여 깊은 고마움을 전합니다.

2026년 1월
가당 양진선

# 차례

작가의 말      5

## 제1부

향기      15

감사      16

바람이 되어      18

고향      19

춤      21

오너라      22

제주 추억      23

장난거리      26

꽃밭에서      27

너      29

그 사람      30

청승      31

봄꽃      34

비      35

그리움      36

소망      38

# 제 2 부

기도     43

그림     46

존재     47

방랑     48

기억     49

별     52

혼불     53

친구에게     56

우심     58

땅     59

깜상이 유감     61

풍경     62

장맛비     63

친구     64

그러지 마     65

신화     66

# 제3부

그리움　　　　　　　　71

한 번만 더　　　　　　74

친구 이별　　　　　　75

나　　　　　　　　　76

일상　　　　　　　　78

길　　　　　　　　　79

머리 무게　　　　　　82

철듦　　　　　　　　83

별 줍기　　　　　　　84

꿈 1　　　　　　　　86

꿈 2　　　　　　　　88

꿈 3　　　　　　　　89

물　　　　　　　　　91

내일　　　　　　　　92

또 화요일　　　　　　94

잠　　　　　　　　　97

# 제 4 부

달무리     103

바람     104

별     105

참새     108

세월     109

그림자 1     110

그림자 2     112

그림자 3     113

그림자 4     116

그믐밤     117

자연     120

늙음 예찬     121

파도     124

소풍     125

노을     128

남도 여행     129

제1부

옛 이야기 1

# 향기

햇살이 넘나드는 빛에서도,
이마를 어루이던 작은 바람에서도,
내 그리움의 시작과 끝에서도,
따뜻하게 보듬어 주던 너의 마음에서도,
그 향기를 느낀다.
감사의 작은 기도가
모두와 함께하기를.

# 감사

바람이 별들을 날려버리고
떨고 있는 조각달이 애처로운
내 가슴 하늘.

바람 소리의 평화로움을
알게 되어 감사합니다.

'24.YANG.J.S

제주의 꿈 1

# 바람이 되어

뭣이 되거라.
날개 단 무엇이,
나비가 되고
새가 되고
바람이 되어
영혼이 춤추는 곳으로 가자.

잊혀진 세계에서
한낱 허무함을 노래하는
그 무엇이 되더라도
뒤돌아보지 말자.

가자,
그 영혼이 춤추는 곳으로

하나의 바람과 나뭇잎이 흔들릴 때

# 고향

비 오는 숲속의 가는 바람 소리.
비와 나무 내음이 섞인 바람에
몸을 맡기고
찾아가는 옛 고향이
빗속에 흐려진다.

추억은 형태를 갖춰가고
이젠 향기와 색깔로
나에게 다가온다.

풍경 1

# 춤

허공에서 춤을 춘다.
잠자리 되어 투명한 날갯짓.

겸손으로 꾸며진 오만은
아니었는지.
자잘한 친절은
선을 앞세운 위선은
아니었는지.
경계선의 심지가 춤을 춘다.

# 오너라

오너라.
몰래 숨어
너의 집을 지었다.

오너라.
기다림으로
너의 집을 지었다.

오너라.
사랑으로 색 칠한
너의 집을 지었다.

오너라.
너의 손을 잡고
하늘 훨훨 나르리니.

# 제주 추억

해풍에
파도에
수많은 세월 동안
수많은 내가 만나고
또 지워지고
그렇게 내가 바위가 되어
나를 기다린다.

# 장난거리

비 오는 날 해름참에
전깃줄에 나란히 앉은 제비들.
비 피해 초가 담벼락어 기댄
코훌쩍이 친구들.
킬킬 대던 웃음 속에
다음 장난거리를
눈으로 얘길 한다.

하나의 바람과 나뭇잎이 흔들릴 때

# 꽃밭에서

그 꽃밭에
너는 노랑 양산을 쓰고 있거라.
온갖 꽃 만발하여 널 찾을 수 없으니
노랑 양산을 쓰고 있거라.
그래서
네가 젤 이쁘더라.

젊음

# 너

간밤 지샌 새벽 별처럼
떨고 있는 너
어딘가에서
숨어있을 너의 계절에
나는 또 새벽 별을 꿈꾼다.

# 그 사람

사람이 사랑이더라
사람 떠나니
사랑도 지워지더구나.
바람이 되었는지
꽃으로 왔는지
적시는 빗방울로 왔는지…
그냥 나만 있어야.

# 청승

세찬 빗줄기 속
전깃줄에 비둘기 한 마리.
날개를 고르는지.

담배 연기 속에
멍하니 바라보는
너나 나나 마찬가지.

장맛비는 흩날리는데.

풍경 2

20. YANG.J.S

# 봄꽃

갈 텐데.

가야 할 텐데.

한 발 걷는 발걸음 무겁고

뒤돌아보고

뒤돌아봐도

가야만 한단다.

봄꽃 사이로 그렇게.

하나의 바람과 나뭇잎이 흔들릴 때

# 비

비가 오는 날
나도 비가 되어 쉬어 간다.
떨어지는 빗소리에 마음을 녹이고
숨겨진 기억 한숨에 담아
너 없인 살 수 없을 것 같았던 그날도
이젠 비가 되어
비밀처럼 흘러간다.

# 그리움

어디에 있었느냐고 묻는다.
널 찾으러 다닌 날 보고
어디서 뭘 했느냐고 묻는다.
널 그리다 운 나를 보고
날 사랑했느냐고 묻는다.
널 바라보는 내 눈을 보면서도

이젠,
내가 가야 하나 보다.
하얀 바람에 등 떠밀려서

하나의 바람과 나뭇잎이 흔들릴 때

이름에 버린∕史

2019 YANG JS

부여 |

# 소망

나는 구름을 보고 싶다.

나는 먼 햇살도 보고 싶다.

나는 바람에 흔들리는 나뭇잎과

바람 소리를 느끼고 싶다.

들판에 핀 작은 꽃들과도 느끼고 싶다.

웃고 있어도 울고 있는 어린 소년에게도

이젠 손을 잡아주고 느끼고 싶다.

일렁이는 파도에 밀려 올려진 빈 조개껍질의

얘기도 느끼고 싶다.

손안에 부서지는 흙 한 줌에서도 나를 느끼고
싶다.

가을 하늘에 물들어 나는 새들의 날갯짓을 느끼
고 싶다.

그래, 당연하다고 생각되던 것들이

이렇게 소중한 것들인더 지나쳐버렸어.

제2부

풍경 3 |

# 기도

기진한 삶의 고뇌 씻어 주시고
자연 앞에 인간의 삶은 덧없는 바람.
난 해류 속에 한 섬이었습니다.
파도가 잔잔한 어느 날
기다린 그날이 오면
깊은 잠에 들게 하소서.

# 그림

한 물체를 보고 그린
백 사람 백 가지 그림.
그것이
예술의 공간.
예술의 본질적 본능.

하나의 바람과 나뭇잎이 흔들릴 때

# 존재

세상 모든 피조물의 모든 것은
세상의 모든 것에서 얻은 것들.
무에서 유는 없다네.
생성되고 소멸되어지는 순환 속에서
풀 한 포기,
내 자신까지도
그 속에 있는 작은 우주인 거지.
있다 없다의 의미는 자신의 몫.

# 방랑

돌고 돌아
그 계절이 다시 돌아왔습니다.

돌고 돌아
나도 돌아왔습니다.
허연 머리가 되어
아직도 꿈을 꿉니다.

아직도 떠도는 바람이 되어
순례길을 헤매는
방랑자인 채로….

하나의 바람과 나뭇잎이 흔들릴 때

# 기억

기억해라,

세상 모든 인연과 자연은 늘 같은 것은 아니었다.

지금 보이는 얼굴과 살랑이는 바람까지 다 기억해라.

다 지나가 어느 날 문득 회한으로 하늘을 볼 때

나를 찾는 나는 어디에도 없고 나뭇등걸에 앉은

꾸부정하고 보잘것없는 노인만 있다.

귀한 인연 그땐 몰랐었다.

바람에 나뭇잎 나부끼는 소리가 이렇게 아름다울
줄 몰랐었다.

마지막 여행길에는,

소주병은 다 비우고 가길…

'23. YANG, J.S.

# 별

봐, 별이 쉬고 가잖아
널 보며 한참 있다가…

하나의 바람과 나뭇잎이 흔들릴 때

# 혼불

간밤엔 그 달이
날 흔들어 깨우고,
옹골진 바람 소리
날 뒤척이게 하더니,
이젠 새벽이
날 흔들어 깨우네.

동트기 전에
내 혼불이 다하기 전에
마음속 깊은 잠에서
깨어나라고….

인생

'25 YANG.J.S.

# 친구에게

세월 가면 잊혀진다.
잊혀진다고
다들 말하지.

못다 한 말들이
어지럽히는 못난 가슴.
그 애긴 꼭 했어야 했는데
어제처럼 아침은
아무렇지도 않게 발을 내미네.

그토록 매달렸지만
그에 가서야 했단 말인가.
수십 년 익숙했던 모든 것들이
왜 이리 낯선 것일까.
비워진 빈자리에 채워지지 않는
그리운 흔적들.

하나의 바람과 나뭇잎이 흔들릴 때

흐르는 눈물로도
슬픔을 닦지 못하고,
아쉬운 그리움을 묻으려 하네.
부디 내 안부 잊지 마시게.

# 우심

커브길 돌다
주류 배달차에서 떨어진
맥주와 소주병들.
저 아까운 것들을….

동동대는 기사의 안타까움은
뒤로 잊은 채
얄팍한 욕심과 우심이
앞장서 뛰어나갔다.

하나의 바람과 나뭇잎이 흔들릴 때

# 땅

죽은 사람은
죽은 사람의 땅에서 살고
산 사람은
산 사람의 땅에서 산다.

때로
죽은 사람이
산 사람의 땅에서 살고,
산 사람이
죽은 사람의 땅에서 살고 있다.

풍경 5

# 깜상이 유감

우리 주인은 멍청하다.
밤마다 밖에 나와
하늘 보며 연기만 뿜어댄다.
별이 뜬 밤에도,
비 오는 밤에도,
눈 내리는 밤에도…
오늘은 밥 주는 것도 잊어버리고,
멍청이.

# 풍경

마음에 가두지 말고
넘치면 흘러가도록 냅둬.
고이면
아픔으로 남고
슬픔이 주인 행세를 해
흘러가는 물결 위에 비친
구름과 들과 산
너의 마음도 흘러간다.
풍경 속에 아름다워진
네가 흘러간다.

하나의 바람과 나뭇잎이 흔들릴 때

# 장맛비

바람 소리 빗소리
날 부르는 소리.
마실 갔던 영혼이 춤을 춘다.
덩실덩실
적셔오는 세월과 함께.

# 친구

여보게,
저 바람이 돌아올 때면
나는 가야 한다네.
그때까지 내 손 잡아 줘.
말하지 않아도 된다네.
그냥 가슴으로 보듬어 줘.
장난스런 눈짓과
미소와 함께….

하나의 바람과 나뭇잎이 흔들릴 때

## 그러지 마

인간계 세상사
영원한 게 어디 있나.
알면서도 꿈쩍 않겠다고
고집을 부리는가.

아니지, 그건 아니지.
지금까지 좋은 게 얼마나 많았어.
지나고 보니 다 소중하고 좋았잖아.
그러니 고집부리지 마.
아직 내가 있는데 그러지 마.

# 신화

신화 속 주인공이 있던 곳.
샤먼의 북소리가 들리는 곳
곳곳에 새겨진 흔적들.
바람에
계곡의 흐르는 물소리데
마른 손 비비며 빌었을
간절한 아낙의 한숨 소리.
지금도 간절함은
바람이 되어 동화 속
주인공이 되고
신화는 살아 있었다.

제3부

노을

# 그리움

그립다는 건
이별의 슬픔을 말하는 거잖아.

사랑한다가 아니고
사랑했다잖아.
그 무게가 얼마나 될까.
바람의 무게.

제주의 꿈 3

'25. YANG. J.S.

# 한 번만 더

한 번만 더 보라고 허락된 시간
널 한 번만 더 보라고
내일은 몰라.

그래,
딱 한 번만 더 보라고,
내일은 몰라.

하나의 바람과 나뭇잎이 흔들릴 때

# 친구 이별

애틋함이 배어있는 나주역에서
기차를 기다리는 한 시간이 넘도록
배회하는 그런 나를 본다.
걱정은 쌓여가고 아픈 자락 걷우고
도망치고 싶은 겁쟁이 마음.
또 주저앉는다.
아, 어쩔거나
그분을 찾으면서도
난 또 어딜 보는 건지.

# 나

그 옛날 참
나라면 어땠을까.
한 점 부끄럼 없이
알몸뚱이로 부끄럼 없이
춤을 출 수 있었을까.

가리고 가린
천 쪼가리에 부끄럼을 숨기고
아닌 것처럼
껍데기로 살아온 부끄런 살이.

차라리,
저 거친 바닥에
끌고 끌어 닳아지고 지쳐서
내가 나인걸
기쁨으로 느끼게 하소서.

하나의 바람과 나뭇잎이 흔들릴 때

# 일상

수행자의 울력처럼
반복되는 일상.
그 일상의 하루가
늘 같지 않음을
나뭇잎이 말하고
넝쿨콩도 말하는데
거울 속 화자만 모른다.

# 길

다 가는 겨울에
진눈깨비 내리고
가다 만 걸음걸이.

삼류 멜로에 젖어
피곤해하는 배우를 흉내 낸다.
그러다 닳아져 가고
젖어 드는 쭈구렁뱅이가 된다.
불쌍해하는 하늘을 원망하는….

제주의 꿈 4

'24. YANG. J.S.

# 머리 무게


사람들은
저마다 책을 머리에 이고 다닌다.
한 권, 두 권, 세 권 그리고 더….
중압에 못이긴 거북 머리들.

자기네 얘기들로 가득히,
희로애락으로 번다한 사건들.

저 분 보시기엔
종이 한 장 무게,
아니,
한 줄도 안 될 텐데.


하나의 바람과 나뭇잎이 흔들릴 때

## 철듦

원망스러운데도 그립다.
미움도 세월 가니 그리워지더라.
속 깊은 나무람이
나이 드니 숭늉 같더라.
먼 길 돌아오니
이제사
철드나 보다.

# 별 줍기

흔들리는 별빛,
취중 가사 몰라 반복되는 노래에
별이 흔들리는가.

한번만,
한번만이 이렇게 종잇장 적시네.
떨어지는 별 주우러 가자.

사랑 |

# 꿈 1

난 아직도 꿈을 꿈니다.
못다 한 못난이의 꿈을 꿈니다.
무슨 사연이 많아 꿈을 꿈니다.

예쁜 걸 좋아해
예쁜 사람과 빠꿈살이
소꿉장난에
날 새더니 수십 년이 흘렀습니다.

그래서
그냥 감사했습니다.
눈 뜨면 사라질까
맘 졸이며 깍지 낀 손으로
가버리지 말아 달라고
속으로 몇 번이고 빌었습니다.

사랑이란 말이 서툰

나에게

그 침묵은

안도였습니다.

# 꿈 2


꿈에 허기를 채우려고
허겁대며 포식을 했지만
꿈 깨니 그 허기가 없어지던가.
꿈속에 갈증을 해갈시키던 것이
꿈 깨니 목마름이 없던가.


눈을 뜨고 걸어가는
꿈꾸는 사람들.

# 꿈 3

아기 염소 두 마리.
어둠을 헤치고
추억을 영사기에 담아 온 친구
애를 써도 나오지 않는 목소리.

깨어보니
티비에 나오는
스페인 밀레니엄 합창단의
에레스 뚜.

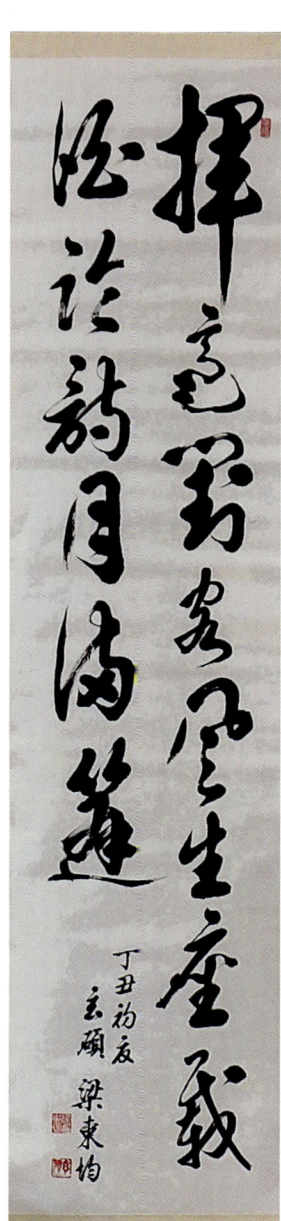

현석 양동균 선생 글씨 |

# 물

물은,
자신의 모습을 고집하지 않는다.
마음을 내도록 아프게 하는 것도
물을 닮기 위한 겸손.
늙은이의 발걸음은 더디기만 하다.
늙어짐이 어리석음으로부터 벗어나는
그런 지혜와 함께하기를.

# 내일

내가
그러니까 그 옛날
내일 해주마고 해도
내일이 뭔지
한밤 자고 나면 내일이라고,
어쩌나 낼을 모르는데.

이제,
낼을 아는 내가 홀로 서 있다.
무섬을 아는 내가 서 있다.
외롬과 두드리는 가슴 먹먹함을
내가 못 이겨
질편하니 주저앉아 있다.
외롭지 않으려고
슬퍼하지 않으려고 외면했지만

하나의 바람과 나뭇잎이 흔들릴 때

그 그림자 품에 안겨
내내 울고 있었다.

# 또 화요일


세상에,
요일이 도망갔다고
봤느냐고 찾아왔드라.
하긴 이상하긴 했지
수요일이 오질 않았으니까.
그사이 사라져간 쟤네는
어떡하라고…
멈춰버려 굳어져 가는
표정은 또 어떡하냐.


하나의 바람과 나뭇잎이 흔들릴 때

제주의 꿈 5

# 잠

영원한 잠을 자기 위해
밤마다 자는 연습을 한다.
덤으로 꿈까지 꾸면서….

제4부

| 석모도 꿈

'25. YANG. J.S.

# 달무리

천천히 흐르는 구름 위로
달무리 뜨고
가려진 그림자.
널 기다리는 마음은
비로 오려나 보다.

# 바람

널 쓰다듬던 엄니의 손길이란다.

끝없이 채이고 돌아와

엉엉 보채이던 너에게

끝없이 안아주던

그때 너의 머릴 쓰다듬던

엄니의 손길이었어.

하나의 바람과 나뭇잎이 흔들릴 때

# 별

살아보면
살다보면
보고 싶은 사람이 많다.
그립다 그립다
내도록 그립다더니
벌써
별이 된 사람.

어디에선가
이 하늘 아래 있을른지
다시 못 볼 인연일지라
그냥
별이 된 사람.

가을 1

22. YANG J.S.

# 참새

참새도 죽을 땐 짹 한다드라.
그러면 나는…
애먼 소리나 안 했으면 좋겠다.

하나의 바람과 나뭇잎이 흔들릴 때

# 세월

맞어, 세월에 장사 없다더니
한때의 미모도 젊음도 그러더이.
볼살 심술궂게 처지고
눈두덩만인가
인중도 처져 입술도 얇아졌고
낭랑한 목소리는
쉰 소리에 잔기침 메아리.

그래도 사람이거니
한때도 그렇고
지금도 사람이거니
심성이야 어딜 갈까.
패인 주름 속 얘기도 많을 텐데
한숨은 주름 속에 숨고,
널 보며
잠시 숨 고른 슬픔이
나를 흔들어 댄다.

# 그림자 1

세상 덧없이 흘러가네.
덧없다 덧없다 말하면서도
정작 모르고 흘러버렸네.

서리 맞아 수그리고
말라져 가는 풀꽃처럼
우리가 그러네.
화려했던 지난 영광이여,
그 그림자가 덧없네.

가을 2

## 그림자 2

죽음은 그림자.
그림자 사라지면
나도 없는 때.

늘 그림자와 함께 살지.
그런데,
마음에도 그림자가 있네.
아직
내가 살아 있음에.

# 그림자 3

앉아 있는 그림자를 달래며
이제 그만 가자고 재촉해 본다.
가자, 이제 그만.

바람 불면 날아가 버릴지도 몰라
옷소매 꼬옥 잡고 따라오너라.
초록빛에 물들고
단풍 들 때마다
널 찾아 헤맨 나를 보거라.

세월 속에
이젠 잔치도 끝나간단다.

21. YANG. J.S.

## 그림자 4


잊어야 할 때 잊지 못하는
수많은 미련에
떠나야 할 때 발걸음을 멈춘
수많은 인연의 고리들.
그렇게 살이를 산다.
봄 여름 가을 겨울
보여지는 세상 속에
너의 그림자.


하나의 바람과 나뭇잎이 흔들릴 때

# 그믐밤

손으로 느껴지는 깜깜한 밤.
그믐달과 작은 별들은
찬바람에 흔들리고
그새 다녀간 생각들은
얼음이 되고
손 시린 아픔이었다.

'22. YANG. J.S.

# 자연

자연은 자리를 지키고 있는 자연과
움직이는 자연이 있어.
다 유한하지만
지키는 자연은 더 오래 사는 쪽을 택했어.
쇠잔한 노구를 움직여 언덕에 올라
백두산과 한라산에 오른 것처럼
눈을 감고 바람을 맡아 봐.
더 높이 자유와 함께 날아갈 테니.

하나의 바람과 나뭇잎이 흔들릴 때

# 늙음 예찬

살굿빛 노을이 내려앉던 날.
새삼스레 허연 눈썹을 보며
내 나일 가늠하는 영락없는 늙은이.

그 늙음이
욕망의 그늘 아래 있는
나를 구해 주심이라.

# 파도

뒤에 오는 파도에 떠밀려
파도는 바위에 부서지고,
또 부서지고 부서지며
형상을 만들고
마음에 새김을 한다.

내가 파도가 되고
내가 바위가 되어
영겁의 신화 속
자연이 되어
흐르는 눈물은
포말이 되었다.

하나의 바람과 나뭇잎이 흔들릴 때

# 소풍

시들어 버리고 먼지처럼 날릴 가치에
왜 그리 연연하는가
어차피 원안의 우주 안에 돌아오고
돌아가는 자연의 섭리 아닌가.
지금의 내가 언제 있었고 언제까지 있다든가
다 절로 가는 것 아닌가.
무슨 말에 꽃띠장을 둘러도 허무한 메아리.
그저 쥐어진 한 줌의 흙.
흙이 말하네.
인간의 종락아, 이제 그만 돌아가거라.

| 제주의 꿈 6

# 노을

붉게 지는 노을이
곱기도 하지만
때로 나만 같아서
밉기도 해.

물 들은 단풍이
곱기도 하지만
떨어진 낙엽 나만 같아서
밉기도 해.

너무 고와서
밉도록 서러운 처연함.

하나의 바람과 나뭇잎이 흔들릴 때

# 남도 여행

등짝을 패던
남도의 햇살을 뒤로 하고
이젠 강화의 달빛을
마주하는 밤이 되었네.

남도를 돌면서
희소가치와 탐미만으로
가치를 매기는 우매가 아닌,
벗어나면 자유롭고
가치를 아는
눈을 뜨게 된 것이었다네.